SKAT

– Plauderei über ein Spiel

Detlef Engelmann

Impressum

Bibliografische Information der
Deutschen Nationalbibliothek:
Die Deutsche Nationalbibliothek verzeichnet diese
Publikation in der Deutschen Nationalbibliografie;
detaillierte bibliografische Daten sind im Internet über
http://dnb.dnb.de abrufbar.

© 2020 Detlef Engelmann

Herstellung und Verlag:
BoD – Books on Demand, Norderstedt

ISBN: 978-3-7504-8099-5

INHALT

VORWORT

Skat – Plauderei über ein Spiel.
Genau das soll es sein, nur eine Plauderei und nicht mehr.

Wie man immer noch besser spielen, welche unbekannten Tricks man einsetzen kann, dazu gibt es bereits ungezählte Kurse und Literatur am laufenden Meter, das will ich nicht wiederholen. Über Erlebtes und/oder Gedanken zum Skat hingegen gibt es kaum etwas in gedruckter Form.

Es sollte auch kein Skat-Geschichtsbuch werden, mit Beginn im Jahr 1813. Meine eigene Geschichte beginnt sowieso erst 1952 und hat damit doch etwas weniger an Inhalt und an Jahren.

Dabei merke ich gerade, dass vor sieben Jahren großer Geburtstag war: 1813 - 2013. Mein Opa sagte immer, „bei 'ner Null gibt's immer warm Abendbrot!" Ja, das stammt noch aus der Nachkriegszeit. Was mag es da erst bei zwei Nullen geben?

Ich will hier einfach nur erzählen, was ich so über mein Lieblingsspiel, Skat, in Erinnerung oder zumindest erzählt bekommen habe, als ich klein war.

Es ist meine eigene Skat-Geschichte, die es so nicht mehr geben wird, wie es die gesamte Skatszene, so wie sie früher war, leider eben auch nicht mehr geben wird.

Als ich mit Freunden über mein Buchprojekt sprach und auch gleich mitteilte, dass es darin keineswegs um Verbesserungen der Skatspielstärke geht, lediglich um erlebte Geschichten und Skat im Allgemeinen, schaute man mich mit großen Kinderaugen an. Spielaufbauten, Berichtigungen und sonstige Fehleranalysen hätte man mir wohl eher zugetraut. Was kann man denn da über Skat noch schreiben?

Ehrlich gesagt, so genau wusste ich das zu Beginn der ersten Seiten auch noch nicht. Ideen gab es natürlich. Bei der Gliederung einzelner Kapitel ergaben sich die Inhalte dann fast von allein. Und, typischerweise wacht man morgens auf und es fällt einem hier und da noch etwas ein. Das kannte ich bisher nur aus Filmen!

Mein Buch soll auch eine kleine Dankesrede an dieses Kartenspiel sein. Es ist und bleibt ein einmaliges Spiel mit einer ganz eigenen Faszination, die einen nicht loslässt.

Dabei möchte ich an dieser Stelle ein Dankeschön an die Firma senden, die mit dem Skat-Spielen verbunden ist, wie wohl kaum eine andere: Die ASS Spielkartenfabrik in Altenburg.

Sie hat mir im Übrigen auch die Verwendung ihres Kartenblattes für meine Titelseite und auf den Leerseiten gestattet.

Ich wünsche Dir viel Spaß beim Lesen und hoffe, dass hier und da ein Schmunzeln dabei ist (auch wenn die Rechtschreibprüfung vorgibt, dieses Wort nicht kennen).

BEGRÜßUNG

Herzlich willkommen lieber Skatspieler!

Vielen Dank, dass Du dieses Buch gekauft hast! Vielen Dank für Dein Interesse an meiner kleinen Plauderei über Skat.

Bei dem „Du" möchte ich in diesem Buch auch bleiben, da es bei Skatspielern eigentlich üblich ist, sich zu duzen. Lediglich beim Preisskat stehen ja die Nachnamen auf dem Spielformular.

Wenn Du dieses Buch liest, mit diesem Titel, gehe ich einfach davon aus, dass Du auch Skatspieler bist. Wenn nicht, dann irre ich mich an dieser Stelle natürlich gerne und begrüße auch die Nicht-Skatspieler.

Es ist sicher unvermeidbar, dass die hier literarisch aufbereiteten Anekdoten, Geschichten oder Begrifflichkeiten, gerade für Skatspieler, bekannt sind oder zumindest in ähnlicher Form sogar schon einmal selbst erlebt wurden. Denkt aber dran, dass nicht alle Skatspieler profihaft spielen und alles bereits wissen!

Entschuldigen möchte ich mich auch gleich dafür, dass ich nicht beide Geschlechterformulierungen benutze. Das ist keineswegs eine Nichtachtung der Skatspielerinnen, ich finde nur, es liest sich so einfacher. Und noch, glaube ich zumindest, ist das glücklicherweise Geschmacksache. Nebenbei bemerkt: Mit (bzw. gegen) Frauen habe ich bei Skatturnieren immer gern gespielt!

MEINE (SKAT-)GESCHICHTE

Versetzen wir uns mal in die Mitte der 50-er Jahre. Gut, das ist schon eine Weile her, aber auch jüngere Generationen haben von dieser Zeit aus alten Filmen oder Erzählungen schon mal etwas gehört. Dieser beinahe dramatische Rücksprung ist erforderlich, wenn man meine Skat-Geschichte schildern will. Also: 50-er Jahre, West-Berlin, Bezirk Neukölln, damals noch als 1000 Berlin 44 zumindest postalisch ausgewiesen.

Einige dieser Geschichten hat mir mein Vater erzählt, da ich noch zu klein war, manches habe ich als Kind kennengelernt und (sogar) behalten.

Meine gesamte Familie, bestehend aus allen Engel-
männern und sozusagen dem Stammbaum meiner
Mutter, geborene Schulz, traf sich jeden, wirklich
jeden Samstag in der Gartenkolonie „Heide-
röschen" in der Parzelle 7 bei meinen Großeltern.
Na ja, immer wieder kamen ein paar übrige
Verwandte, Bekannte oder Nachbarn mit dazu. Da
die 5-Tage-Woche, trotz gerade beginnenden Wirt-
schaftswunders, noch weit entfernt war, konnten
die meisten Familienmitglieder erst nach der
Arbeit gegen 15.00 Uhr eintreffen und die Tasse
Kaffee meiner Oma in Empfang nehmen. Den
Kaffee übrigens, wie auch alle anderen Getränke
und das Abendessen, brachte jeder selbst mit, was
anders auch gar nicht finanzierbar gewesen wäre.

Gegen 16.00 Uhr, also gleich nach dem Kaffee, zu
dem manchmal Oma einen Obstkuchen aus den
heimischen Früchten im Garten gebacken hatte,
waren schon alle unruhig und die Spiele konnten
beginnen. Die Männer spielten an zwei, manchmal
sogar an drei Tischen Skat (die Damen an zwei
Tischen Rommé). Jeder wollte natürlich, und da hat
sich zu heutigen regel- oder unregelmäßigen Skat-
treffen absolut nichts verändert, entweder wieder

als Sieger hervorgehen oder wenigstens die Schmach der Niederlage beim letzten Treffen vergessen machen. Beim Skat wurde um einen viertel Pfennig gespielt, was bei den damaligen Einkommen sehr viel war.

Im Gegensatz zu den meisten heute stattfindenden Skatrunden wurde auch jedes Spiel gleich bezahlt. Zum einen wollte keiner schreiben, andererseits sollte (und wollte?) auch keiner zumindest genau wissen, wieviel wer verloren oder gewonnen hatte. So war auch die Frage meines Opas nach dem Spielabend: „Na, nun seid mal alle ehrlich!", eher rhetorisch gemeint, denn genau das mit der Ehrlichkeit war nicht so gemeint.

Hatte man viel gewonnen, konnte das die Mitspieler neidisch machen, erst recht wenn es andauernd vorkam. Hatte jemand viel verloren, wollte man das ja irgendwie auch nicht eingestehen müssen. Waren die anderen wirklich besser oder konnte man zumindest mit dem Trost leben, dass sie gerade heute viel Glück hatten? Auch hier war die Frage nicht ganz einfach zu beantworten, wenn es beinahe ständig passierte. Folglich einigte man sich meistens auf: „War heute kein Umsatz!" Ein wohlwollendes Nicken beendete dann den Skat-abend. Dem Hörensagen nach haben aber wohl immer dieselben mehr oder minder gewonnen bzw. verloren, aber das ist eine andere Sache.

Ein paar Mal im Jahr, wenn alle so unter dem Pflaumenbaum im Garten oder in der „guten Stube" der Laube saßen, mit Tatendrang so vor sich hin spielten, kam man auf die Idee: „Wir machen heute durch!" Dann gingen lediglich die nicht mehr weiterspielenden Männer und die Damen (mit mir an der Hand), irgendwann nach Hause, während die Männer dann im kleinen Kreis, meist zu viert, bis in den nächsten Morgen des Sonntags spielten und erst dann in ihre heimischen Betten gingen. Mein Opa und mein Vater waren natürlich immer dabei, der eine oder die beiden anderen Spieler hingegen wechselten, je nach Stimmung, sprich bisheriger Gewinn-/Verlust-Rechnung oder der Revanche für verlorene Spiele/Gelder.

Erwähnen möchte ich noch, dass bei einem Geburtstag, egal auf welchen Wochentag der fiel, natürlich alle kamen. Dann wurde ausnahmsweise einmal kein Skat gespielt, sondern Schlesische Lotterie. Ein recht simples Spiel, dass aber hier und da schon mal einen gehörigen Besitzwechsel von Geldern, insbesondere an den Bankhalter, hervorrief. Kamen ausnahmsweise einmal nur 5 - 6 Spieler zusammen, wurde auch schon mal „gemauschelt". Ein schnelles Kartenspiel, bei dem es natürlich auch um Geld ging. Für Interessierte gibt das Internet gern Spielanleitungen sowohl für die Schlesische Lotterie als auch für Mauscheln heraus.

In dieser von Kartenspiel geprägten Umgebung bin ich aufgewachsen! Ich war 4 Jahre alt und mein Schlafanzug hatte in der Jacke oben eine Tasche. Das haben auch heute noch manche Schlafanzüge für Kinder, allerdings auch für Erwachsene, und ich weiß bis heute nicht, was da hinein soll.

Wie auch immer, ich hatte als Vierjähriger jedenfalls beim Schlafengehen immer ein Skat-Kartenspiel oben in die Schlafanzugjacke gesteckt. Wahrscheinlich schlief ich auf dem Rücken ein, aber das ist nur eine (plausible) Vermutung. „Natürlich" war Kreuz Bube immer oben als erste sichtbare Karte gelegt (und ebenfalls natürlich ist er hier in meinem Buch mein Titelbild).

Beim Schreiben dieses Kapitels habe ich einmal bei meinem aktuellen Schlafanzug nachgeschaut, der hat auch im Oberteil eine Tasche (ist ja wie damals!) und sogar eine hinten in der Schlafanzughose. Es passen jeweils ein Skatspiel hinein. Die Frage des bequemen Schlafens mit einem Skatspiel, in welcher Tasche auch immer, erübrigt sich allerdings. Dass Schiedsrichter hinten an der Hose in ihrer Sportkleidung eine Tasche für die Rote Karte haben (die oft zitierte A…-Karte), macht Sinn, aber in einem Schlafanzug? OK, ich schweife wieder mal ab.

Meine Mutter hat mir, wie glaubhaft berichtet, das Kartenspiel dann jeden Abend wieder aus dem Schlafanzug genommen, aber ohne Karten wollte ich nicht einschlafen. Von meinem Enkel weiß ich, dass da vorheriges gutes Zureden kaum hilft und der Wunsch des Kleinchens beinahe unabwendbar ist, zumindest, wenn man einer allabendlichen recht einseitigen Diskussion entgehen will.

Es soll auch vorgekommen sein, dass ich an den Skatspielabenden irgendwo im Raum auf dem Fußboden einfach beim Spielen eingeschlafen bin. Man hatte mich vergessen, man spielte schließlich

Skat! Ich glaube, heutige Eltern würden bei diesem Vorfall ohnmächtig werden.

Anhand des Kreuz Buben in meinem Schlafanzug hat der regionale Kenner bereits ausgemacht, dass in Berlin ausschließlich mit einem französischen Blatt gespielt wurde. Im Gegensatz zu den Skat-Gründern aus Altenburg, denen ein deutsches Blatt, also mit Eichel, Schellen usw. wesentlich vertrauter gewesen sein dürfte.

Schon in den Urlauben mit meinen Eltern und später bei eigenen Reisen waren für mich die deutschen Karten-Blätter mehr als ungewohnt. Ober und Unter für Damen und Buben trugen ihr Übriges dazu bei. Mit den deutschen Karten vernünftig, oder besser gesagt gut Skat zu spielen? Ich hätte ein Problem damit.

Als Alternative gibt es ja auch ein Skatblatt mit beiden Kartenformen, also sowohl mit französi-schem als auch mit deutschem Blatt. Die Spiel-karten sind ja ohnehin spiegelgleich aufgebaut. Man braucht deshalb die Karten beim Aufnehmen nicht in die richtige Stellung bringen, also nicht zu drehen. Um beide Varianten, die deutsche und die französische Kartenform, abzubilden, wird bei diesem besonderen Skatblatt dann z. B. auf der oberen Hälfte Kreuz Bube abgebildet, auf der unteren Hälfte Eichel Unter. Je nachdem, was einem eher liegt, dreht man „sein" Lieblingsblatt entsprechend nach oben. Ob damit die beiden Lager spielen können und wollen? Ich weiß es nicht! Rein optisch sieht das allerdings recht verwirrend aus, vor allem bei den Karten ohne Abbildung wie 7, 8, 9 und 10. Wenn da Karo oben und Schellen unten abgebildet werden, wirkt das schon eigentümlich. Aber ehe es halt gar nicht anders geht ...

Vielleicht ist das aber nur ungewohnt. Wobei diese Kartenvariante sicherlich nicht zu den Verkaufsschlagern zählen dürfte.

Für mich wäre jedenfalls, wie bereits angeführt, ein Spielen mit deutschem Blatt eine Katastrophe. Der Spaß sollte in jedem Fall im Vordergrund stehen und nicht die Konzentration auf die jeweils unbekannte Kartenbezeichnung und ihren Spielwert. Aber das ist eher eine Vermutung. Ich habe es noch nicht probiert (eigentlich möchte ich es auch gar nicht).

Und weil wir gerade bei den Karten sind: Mit 4 Jahren kannte ich alle Karten! Einer der Skat-Spieler fragte mich einmal: „Na Kleiner, kennst Du denn schon die Karten?" „Du hast Pik Bube, Herz Ass, Herz König …". Weiter kam ich nicht, denn er hat erstaunt die Karten wieder an sich genommen.

Kurz vor meinem 6. Geburtstag haben mir meine Eltern im Urlaub die ersten Skatregeln beigebracht, zumindest die Anfänge.

Engelmann mit Eltern beim Skat

Wobei das sicher nur sehr eingeschränkt schon „richtiges" Skatspielen war, reizen war OK, aber ich wusste nicht, ob ich gewonnen hatte, im Punkte-Rechnen gab es das eine oder andere Problem: Ich war fünf! Für mich war das etwas Neues, denn bisher spielte ich immer mit meiner Oma Rommé. Und wie sollte es auch anders sein, auch hier wurde schon mit Geld gespielt. Kein echtes Geld natürlich. Oma hatte eine ovale Zigarettendose aus Blech (das war die Großpackung mit 50 Zigaretten) der Marke „Muratti", die meine Eltern rauchten, mit Reichspfennigen gesammelt. Zu Beginn bekam jeder 20 dieser Pfennige und es wurde solange gespielt, bis sie bei einem verloren waren oder es Abendbrot gab. Sorry, für diesen kleinen Ausflug ins Nicht-Skatliche!

Als meine Mutter eine Zeitlang eine Aushilfstätigkeit bei einem Zeitungsladen angenommen hatte, war ich jeden Sonntagvormittag mit meinem Vater allein. Da haben wir dann schon beim Frühstück (und danach) Offizierskat gespielt und Vater zeigte mir die eine oder andere taktische Variante, die ich am besten gleich beim nächsten Spiel einsetzte.

Wie schon erwähnt, natürlich hatte meine Spielweise nur recht eingeschränkt etwas mit „echtem" Skatspielen zu tun – ich war noch zu klein. Nun verstand ich aber beim interessierten Zuschauen, was die älteren Herren mit den Karten in der Hand so trieben, was sie machten und zumindest ansatzweise warum. Vor allem habe ich neben meinem Vater gesessen, der mir immer wieder das eine oder andere Vorgehen erklärte. Hier wurde eigentlich schon der Grundstein zu meinem späteren eigenen Skatspiel gelegt.

Ein einfaches kleines Beispiel: Vater drückte Pik Zehn und Herz König, behielt als einzigen Pik die Acht. Als Vorhand Pik König ausspielte, legte er nicht gleich den einzigen Pik dazu, nein, er tat so, als überlege er und verständlicherweise fragte ich mich, warum er denn überhaupt überlegte, denn er hat doch nur das eine Pik. Aber der Mitspieler glaubte natürlich, dass Vater auch noch die Pik Zehn hätte und gab sein Ass nicht dazu, welches dann beim nächsten Pik spielen durch Stechen prompt verloren ging. Gut, so was geht sicher nicht immer, aber ich habe mir alle diese Kleinigkeiten gemerkt und immer wieder mal eingesetzt.

Wichtig sei auch, immer mitzuzählen, erst recht als Alleinspieler. Trümpfe sowieso und vor allem auch die eigenen, wie auch die gemeinsamen Punkte.

Glücklicherweise machen das die Mitspieler nicht immer und verlieren auf diese Weise das eine oder andere Spiel in Unkenntnis des Punktestandes. Gut, dies richtig umzusetzen sollte allein altersmäßig noch etwas dauern. Mir blieben durch diese „Schule" zumindest eine ganze Reihe der typischen Anfängerfehler erspart, da ich alles erklärt bekam. Ich konnte viele wichtige Spielabläufe verinnerlichen, später anwenden und daraus Vorteile erzielen.

Auch sonst war die Welt, wir schreiben das Jahr 1958, bei genauer Betrachtung „voller Skat". Nur eine Straße von unser gerade bezogenen Neubauwohnung entfernt, in der Fuldastraße, befanden sich genau vier Kneipen, die noch in einem Radius von 500 Meter erreichbar waren. Hauptveranstaltungen der Kneipen waren, neben dem gepflegten Bier in verqualmter Umgebung, ein sonntäglicher Preisskat pro Monat. Eigentlich selbstverständlich, dass mein Vater da im wahrsten Sinne des Wortes mitmischte. Und fast auch klar, er kam immer mit irgendeinem Preis zum Aufessen wieder: Schinken, Riesensalami oder manchmal gleich mit einem ganzen Präsentkorb.

Da wir umzogen, konnten meine Großeltern nun in unsere ehemalige Wohnung umziehen. Nun hatten sie sogar Strom, was in der Laube ja nicht vorhanden war. Aus Angst vor der Stromrechnung drehte Opa 3 der 6 Birnen der Deckenlampe im Wohnzimmer aus. Nur samstags zum Skat, der Skatspielort wurde in den Wintermonaten nun in die Wohnung gelegt, und sonntags erhielt man das volle Licht. Überhaupt waren die Sonntage anders als die Wochentage. Die sonst auf „links" gedrehte Tischdecke erstrahlte nun in den Originalfarben, das „gute Geschirr" kam aus dem Schrank und es gab mittags ein Fleischgericht.

Aber kommen wir wieder zum Skat. Überhaupt spielte mein Vater überall Skat: Bei seinem Kegelverein nach dem Kugelschieben, mit seinen Arbeitskollegen oder im Urlaub, wenn sich zufällig Gleichgesinnte auf einen vergnüglichen Skatabend einigten.

In unserem Wohnzimmer stand im damals üblichen hinter Glas befindlichen Vitrinenteil des Schrankes jahrelang ein Pokal, den mein Vater als junger Mann vor dem Krieg gewonnen hatte. Die Pokalinschrift: „1. Platz im Preiskat"! Hier tauchte die Frage nach dem zweiten „s" auf? Der Veranstalter konnte wahrscheinlich nur Skatspielen und Rechtschreibung war wohl nicht seine Kernkompetenz. Vielleicht wurde die Gravur auch nach der Buchstabenanzahl berechnet! Ich weiß es nicht.

Ob es nur in Berlin so war oder es sich um eine deutschlandweite Einrichtung handelte, kann ich nicht sagen. In allen Parkanlagen West-Berlins waren jedenfalls 3 bis 4 Skat-Tische aufgestellt. Ob das in Ost-Berlin auch der Fall war? Keine Ahnung, ich glaube aber eher nicht. Jedenfalls standen die Tische stets in einer netten Umgebung des Parks mit entsprechender Gartenarchitektur, umgeben von Hecken und Sträucher. Die Skat-Tische hatten die übliche Tischhöhe und bestanden aus einem quadratischen Mittelteil mit Sitzgelegenheiten, alles aus Holz.

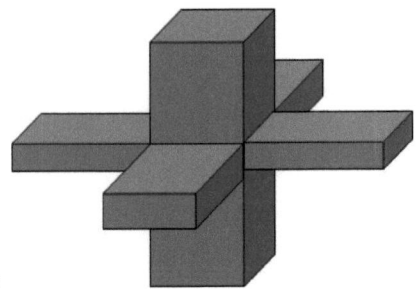

Skattisch im Park

Von jeder der vier Seiten ging ein Brett ab, auf das sich die vier Skatspieler, mit dem Brett zwischen den Beinen, wie ein Reiter, hinsetzen konnten. Das Ganze war knallrot angemalt und sah sogar gut aus. Zwischen dem Tisch und dem Spieler war noch genug Platz für das nötigte Kleingeld.

Aus dem Parkbild sind die Tische leider völlig verschwunden, was sicher nicht nur am „verwitterungsfreundlichen" Material liegt.

An Frauen, die in einem öffentlichen Park im Reitersitz gezockt hätten, war nicht zu denken. In den 50-er Jahren war von Emanzipation oder Gleichberechtigung grundsätzlich schon mal keine Rede. Ich glaube auch nicht, dass eine Frau zum Skatspielen in einen Park gegangen wäre, schon gar nicht bei dieser Sitzvariante. Für eine Dame jedenfalls war dies in jenen Jahren indiskutabel. So etwas tat eine Dame nicht. Sie rauchte auch nicht in der Öffentlichkeit und wurde unverheiratet noch mit „Fräulein" angeredet bzw. angeschrieben. Heute lächelt man schon etwas darüber. Aber es war eine andere Zeit mit anderen Spielregeln. Nur einmal als Beispiel: Erst 1962 durfte eine Ehefrau, ohne ihren Mann zu fragen, ein eigenes Konto einrichten. Aber ich schweife schon wieder ab.

Gerade an den Wochenenden waren diese Parktische mit der eigenartigen Sitzvariante fast immer belegt und auch mehrere Schaulustige, sprich Kiebitze, wie sie im Skatjargon heißen, waren immer dabei. Es war halt die einzige Gelegenheit, Skat zu spielen, ohne etwas in einer Kneipe trinken oder erst recht essen zu müssen. Viele spielten gern, hatten aber nicht so viel Geld. Für mich war es immer interessant, was sich die vermeintlichen Skat-Experten nach jedem Spiel so gegenseitig vorwarfen. Dazu kamen natürlich auch noch die anderen Zuschauer, die selbstverständlich alles noch besser wussten. Nicht zu vergessen, mit der bekanntlich „frechen Schnauze" von Berlinern. Einfach herrlich! Ich ärgere mich gerade, dass ich diese „fachmännischen" Kommentare leider alle vergessen habe, es wäre sicher ein interessantes Kapitel geworden. Soweit ich mich noch erinnern kann, war aber auch kein Spieler unter 60 Jahre.

Für mich sollte das alles noch etwas dauern! In meinem Fußballverein oder mit Klassenkameraden spielte ich schon immer mal. Besonders in der

Oberschule traf ich mich regelmäßig nach dem Unterricht mit Rainer und Klaus-Dieter für ein, zwei Stunden zum Skat. Auch wir spielten schon um einen viertel Pfennig und es war eine lukrative Taschengeldaufstockung. Im Sommer im Park und in den kälteren oder nassen Tagen ging es ins Café Messerschmidt in den ersten Stock. Irgendwann überstieg das aber mein Taschengeldniveau (so viel gewann ich nun auch nicht). Wir wurden in der danebenliegenden Laubenkolonie „Volksgärten" fündig, wo zwei nette ältere Damen (die waren wahrscheinlich jünger als ich heute, aber damals empfand ich das so) die Kantine, besser bekannt als Laubenkasino, bewirtschafteten. Die beiden Damen nahmen es nicht übel, wenn wir nur wenig oder oftmals auch gar nichts konsumierten. Im Gegenteil, wir bekamen immer mal wieder etwas Selbstgebackenes von ihnen geschenkt. Gegen 14.00 Uhr war in der Woche allerdings noch wenig bis nichts los. Trotzdem war es von den Damen sehr nett, uns „Skatasyl" zu gewähren, sie hatten uns irgendwie ins Herz geschlossen.

Erst als ich 16 Jahre alt war nahm mich mein Vater zu den unterschiedlichsten Skatterminen mit: Zum

Preisskat (das jeweilige Startgeld sponserte Pa), bei Bekannten oder mit seinen Kollegen. Sicher in einigen Fällen auch, weil der 3. Mann fehlte. Die damalige Familien-Runde, die im Garten meiner Oma regelmäßig Skat gespielt hatten, reduzierte sich leider aus Altersgründen (oder Todesfälle). Das ging sogar soweit, dass ich als dritter Mann sogar unbedingt gebraucht wurde und man mich nach meinem sonntäglichen Fußballspiel sehnlichst erwartete, um überhaupt Skat spielen zu können. Nichts mehr mit Skat an drei Tischen spielen.

Bei den Preisskat-Turnieren waren die anderen Mitspieler, die Vater nur zu gut kannten, nicht gerade erfreut, nun gleich zweimal den Namen Engelmann auf dem Punktezettel vermerken zu müssen. Tatsächlich passierte die folgende Geschichte auch gleich zweimal in unterschiedlichen Kneipen:

So genau weiß man ja nicht, welche Platzierung man am Ende eines Preisskates erreicht hat. Ich wusste nur, Vater hatte etwas mehr Punkte als ich. Wenn aber der Turnierleiter beim Ergebnisverkünden schon bei der Einleitung seinen Unmut auslässt, dann war klar: Engelmann, Günter Platz 1 und Engelmann, Detlef Platz 2. Das kam bei allen Beteiligten nicht so gut an!

KREUZ BUBE

Er ist das Aushängeschild des Skatspiels! Im Spiel selbst kann ihm keiner was. Gut, in den beiden Nullspielen muss er sich den gewöhnlichen Karten unterordnen, aber ansonsten? Nicht zu schlagen! Fast jeder Skatspieler kennt natürlich den Spruch beim ausgespielten Kreuz Buben: „Wer den kann betrügt!" Der sowohl nur bedingt originelle noch wahnsinnig informative Gedankensplitter sagt es zumindest ebenfalls aus. Na gut, die anderen Skatsprüche haben auch nicht viel mehr Niveau! Es sind auch immer mindestens zwei Punkte!

In der Beliebtheitsskala ist er bei Skatspielern unbenommen die Nummer eins. Ansonsten kann ihm die lediglich die Herz Dame den Rang ablaufen, die ja, wie man weiß, jeder Mann an seiner

Seite hat, egal, ob Skat- oder Sonstwas-Spieler. Da kommt er nun doch nicht mit!

Und weil wir gerade bei einer Beliebtheits-Rangliste für Spielkarten sind, sollte auch noch die Pik Sieben genannt werden. Sie hat es ja bekanntlich mit „Steht da wie Pik Sieben" in den Redensarten-Index geschafft hat. Mehr als Platz drei? Entscheidet selbst!

Auch beim Neukauf eines Spiels, zumindest bei dem französischen Blatt, begegnen wir den (halben) Kreuz Buben schon, ohne den Karton überhaupt geöffnet zu haben. Von daher ist es eigentlich ganz natürlich, dass er es seinerzeit nicht nur geschafft hatte, oberste Karte auf meinem Skat-spiel im Schlafanzug zu sein, sondern auch, dass er in diesem Buch die Titelseite ist.

Bei der Gestaltung der Figur des Kreuz Buben (alle Kartenbilder wurden nach historischen Vorbildern erstellt) ist er der „Lanzelot vom See", der stärkste Ritter der Tafelrunde des legendären Britenkönigs Artus, aber das wusstet ihr sicher!

Gerade Kreuz Bube faszinierte mich schon als kleiner Junge. Einmal, weil es die höchste Spielkarte im Skat ist und, als Kind nimmt man das anders wahr, er schaut auch etwas wohlwollender, als seine drei Kollegen von Pik, Herz und Karo. Seht euch die Bilder eines Skatspiels einmal genau an! Ihr werdet erstaunt sein, so habt ihr die Karten bestimmt noch nie betrachtet!

Jedenfalls ist er beim Skat eindeutig der Chef. Da kann er wenigstens noch beim Doppelkopf etwas mithalten, dort gibt es einen Pluspunkt, wenn er den letzten Stich macht.

Beim Kartenlegen schneidet er in einigen Fällen nicht so gut ab, hier gibt es eine beeindruckende Bandbreite der verschiedensten Interpretationen, es gibt wirklich alles. Das hängt sicherlich von den jeweiligen Kartenlegern ab. Im Internet, kann man sich so ziemlich alles aussuchen, Gutes oder auch weniger Erfreuliches! Das hat ja auch nichts mit Skat zu tun!

Mir hatte man einmal, noch als Jugendlicher, gesagt, der Kreuz Bube sei der „Geldbote" oder der „Überbringer von Nachrichten". Damit kann ich gut leben, ohne meine heile Welt dieser Spielkarte zusammenbrechen zu lassen. Ich deute mal beides für Skatspieler. Erste Variante: Das mit dem Geld, klingt immer gut. Zweite Variante: Die überbrachte Nachricht interpretiere ich einfach als „guten Skat" finden. Ist aber meine ureigene Meinung und hält keinesfalls Nachforschungen stand! Ist mir aber, wie das gesamte Thema, auch ziemlich egal!

Schade nur, dass die Skatverantwortlichen oder auch vielleicht pfiffige Leute mit Geschäftsideen aus dem Kreuz Buben und einigen seiner „Spielkarten-Mitstreiter" nicht mehr gemacht haben. Gerade in der „Blüte" des Skats, die ja leider schon ein paar Jahre her ist, hätte der eine oder andere Zubehörartikel für die Skatvereine, für die vielen privaten Runden, aber auch als Geschenk für die Skatliebhaber, „das" Geschäft sein und eine Marktlücke füllen können. Heutzutage nennt man das ja „Merchandising", was aber lediglich die Vermarktung umschreibt. Sieht man sich z. B. die Website von Bayern München oder anderen Fußballvereinen an, dann gibt es von der Bettwäsche bis hin zum Gartenzwerg mit Vereinslogo alles für den Fan. Soweit muss oder müsste es beim Skat, speziell beim Kreuz Buben, ja nicht unbedingt gehen, aber die eine oder andere Idee hätte ich da schon gehabt.

Ganz simpel wäre damals Kreuz Bube als Poster oder, wenn gewünscht, auch auf Leinwand gewesen (gibt es heute ja für alle Motive). Hier wären auch die anderen Spielkarten interessant, ich denke da insbesondere an die Herz oder Pik Damen (die vielleicht hübschesten?) als geeignetes Großformat-Abbild. Und dazu braucht man nicht einmal unbedingt ein begeisterter Skatspieler sein.

Warum gab (und gibt) es zum Beispiel den Kreuz Buben nicht auch als Figur? Die Abbildung auf der Skatkarte zeigt ganz klar, wie er aussehen soll, was er an Kleidung trägt und seine beiden Waffen müssten auch produzierbar sein (sieht an der rechten Hand zumindest so aus). Herz und Karo Bube wären natürlich etwas einfacher, sie haben nur eine Waffe (wären sie dann preiswerter?), sind aber auch nicht so „berühmt". Na gut, die untere Bekleidung, Hose, Kleid und Schuhe, müssten bei allen 12 Bild-Karten der Phantasie des Erstellers obliegen, aber das sollte man schaffen, die Kleidung des 12. Jahrhundert ist beinahe in jedem

Museum auf Bildern mit königlichen Berühmtheiten abgebildet. Die Größe des Kreuz Buben könnte variabel sein, so als Beispiel: 30 cm wären recht ansehnlich.

Bei der Herstellung aller Spielkarten-Damen, insbesondere der Herz Dame, die ja, wie schon erwähnt, auch Nichtskatspielern am Herzen liegen würde (welch' thematische Doppeldeutigkeit), ist die Darstellung der jeweiligen Blume, die sogar alle vier Damen grazil nach oben gerichtet in der Hand halten, sicher nicht unproblematisch. Auch wenn man es gestalterisch hinbekommt, sie wären an den Figuren sicher recht empfindlich!

Wie auch immer, die Herstellung von Modellen sollte machbar sein und wenn ich an die Fabrikationen im asiatischen Raum, insbesondere Taiwan und Südkorea (wohl auch China) denke, sogar mit einer „netten" Gewinnspanne. Ich gebe zu, das bezieht sich auf den Ist-Stand und wäre vor einigen Jahren vielleicht schwieriger, unmöglich oder zumindest unwirtschaftlich gewesen. Ist auch alles etwas Träumerei und bitte, nicht unbedingt ernst nehmen. Aber toll würde ich es trotzdem finden!

Wenn ich an die Herstellung von „Oma und Opa"
als Püppchen jeglicher Größe und Art denke, und
da weiß ich als Opa wovon ich rede, dann sollte so
etwas Spezielles auch machbar sein. Für die beiden
gerade erwähnten Oldies gibt es sogar die passenden Miniatur-Sitzgelegenheiten aus Korb oder als
Sofa. Das bräuchte der Kreuz Bube nun nicht
unbedingt, wobei, bei seinem Jahrgang 1813 hätte
er es sich wirklich verdient.

GLÜCKSBRINGER

Bei allen Spielen ist, trotz allen Können, mehr oder weniger auch eine Portion Glück hilfreich (manchmal sogar notwendig). Das fängt bei den Karten- und Würfelspielen an, geht hin zum Breitensport und hört auch bei den Profi- und Leistungssportlern nicht auf.

So ist es nicht weiter verwunderlich, dass es die unterschiedlichsten Glücksbringer oder entsprechende regelmäßig durchgeführte kleine Rituale gibt, die die Glücksgöttin, welche auch immer das für die jeweilige Art auch sein mag, milde oder noch besser: wohlgesonnen stimmen sollen. Mir fällt gerade auf, warum gibt es eigentlich keine Göttin des Skats? Schach z. B. hat immerhin die Göttin Caissa (das Internet weiß natürlich noch mehr über die Nymphe, in die sich der Gott Mars verliebt hat). Na gut, über die Gründungs-, Entstehungs- oder Erfindungsjahreszahl 1813 kann sich Schach nur totlachen (3. - 6. Jahrhundert, 9. - 11. Jahrhundert kam es nach Europa). Dafür weiß man, im Gegensatz zum Skat, nicht einmal annähernd, in welcher Stadt, nicht mal ganz genau in welchem Land Schach entstanden ist. Zumindest dabei ist Skat im Vorteil!

Vielleicht kann es beim Skat Fortuna sein, die allerdings schon viel beschäftigt ist, zahllosen Vereinen ihren Namen geliehen hat und dort beinahe ständig für glückliche Ereignisse sorgen muss.

Da das Kartenspiel bis zum 20. Jahrhundert das Gebetbuch des Teufels war, konnte man zumindest göttlichen Beistand seitens der Kirche nicht so recht erwarten. War auch schon vor 1813, also weit vor den Zeiten des Skats, sicherlich ein Glaubensproblem. Glücksspiele aller Art gab es ja schließlich schon seit Menschengedenken, und mit ihnen den Besitzwechsel des einen oder anderen Talers, egal, bei welchen Spiel, egal, welche Währung gerade galt.

Ein wenig Aberglaube, kleine Rituale und Glücksbringer sind natürlich auch unter Kartenspielern,
besonders unter Skatspielern, weit verbreitet. Da
kannte ich einen Spieler, der stets seinen sogenann-
ten Skatpullover trug und dies auch unbedingt
allen mitteilen „musste". Damit hatte er vielleicht
(nicht überliefert) einmal einen Sieg errungen, wo
und wann auch immer, und der nun wiederum
zum Sieg führen sollte. Allerdings handelte es sich
um einen ganz normalen Pullover, ohne einge-
strickte Spielkarten oder ähnliche Skatutensilien.

Da gibt es auch noch den Glückspfennig, der heute,
zu Cent-Zeiten, gar nicht mehr im Umlauf und
ziemlich schwer zu beschaffen ist. Und es gibt die
unzähligen anderen Helfer, mit denen Glück und
Sieg erreicht werden sollen. Mich erstaunt das
immer wieder und ich komme um ein Lächeln
nicht herum.

Kunststück, wir sehen in den verschiedensten
Sportarten im Stadion vor Ort oder im Fernsehen,
was (scheinbar) erwachsene Menschen alles „veranstalten", um dem Glück mit einem Ritual oder
sonstigen Dingen „auf die Sprünge zu helfen". Da
treten Tennisspieler beim Verlassen des Platzes

zum Seitenwechsel absichtlich nicht auf die Linien oder wischen und zupfen vor dem eigenen wie vor dem gegnerischen Aufschlag an sich herum. Fußballer bekreuzigen sich beim Auflaufen oder bei einem erzielten Tor und wollen sich den seelischen Beistand von ganz oben sichern. Beliebt ist auch, immer als Letzter auf das Spielfeld zu kommen oder irgendwelche Glücksbringer in den Stutzen zu stecken, „natürlich" nur in den rechten (oder linken), sonst hilft das ja nicht! Eine Liste der kleinen Verhaltensweisen, die das Glück heraufbeschwören sollen, wäre endlos. Seit Menschengedenken versuchen Spieler, die liebgewonnene Zeremonie, die auch oftmals wirklich mit einer (zumindest kurzen) Erfolgsgeschichte verbunden gewesen ist, weiterhin gewinnbringend einzusetzen. Erstaunlich ist es da andererseits schon, dass „Gut Blatt" den meisten Skat-Leuten reicht!

Da wir hier vom Skat sprechen, ist es nicht verwunderlich, dass auch die Skatspieler meiner Familie Gebräuche und sonstige glücksbringenden Maßnahmen einsetzten.

Mein Vater hatte mal einen seiner seltenen Spieltage, an dem er wirklich alles verlor, was er auch

spielte. Die Gegenspieler hatten alle Trümpfe dage-
gen, seine schwache Farbe war auf einer Hand oder
es ging 60:60 aus. Wie ja schon berichtet wurde zu
seiner Zeit gleich in bar ausgezahlt und beim
letzten verlorenen Spiel hatte mein Vater nach dem
Ausbezahlen nur noch einen einzigen Pfennig
neben sich auf den Tisch liegen. Den warf er hinter
den Ofen und, wie sollte es auch anders sein, fortan
bekam er die wildesten Blätter, ohne dass die
Gegner auch nur den Hauch einer Chance hatten.
Da mein Vater relativ selten verlor, wiederholte
sich diese Methode des Glücksbringens auch nicht
mehr. Außerdem, wann ist genau ein Pfennig
übrig? Dieser Pfennigwurf, der so offensichtlich
Glück gebracht hatte, wurde an weiteren Spiel-
tagen von anderen Verlierern wiederholt, auch
wenn diese noch etwas mehr als einen einzigen
(Glücks-)Pfennig übrig hatten – allerdings, bei
ihnen blieb der erhoffte Erfolg aus.

Hier stellen sich natürlich einige Fragen: Wer will
heute noch Skat spielen, wo jedes Spiel gleich
bezahlt wird? Würde sich heute das Glück mit
einer Ein-Cent-Münze einstellen? Kann eine
Ein-Cent-Münze den gleichen Erfolg bringen wie

ein Pfennig? Der Begriff „Glücks-Cent" hat sich irgendwie noch nicht so richtig durchgesetzt, wobei sich der schon sprichwörtlich gewordene Pfennig natürlich nicht so leicht verdrängen lässt. Und dann: Wer hat heute noch einen Ofen? Die Alternative hieße, etwas hinter die Heizung zu werfen. Das würde aber unter dem Heizkörper gleich wieder zu sehen sein und deshalb den gewünschten Zweck wohl kaum erfüllen. Außerdem hat es auch nicht einmal annähernd den dramatischen Charakter eines unerwarteten Pfennigwurfs hinter den Ofen, der die Gegner, pardon, die Mitspieler völlig verblüfft. Bei mir zu Hause mit einer Fußbodenheizung kann ich diese glücksbringende Maßnahme schon gar nicht mehr einsetzen, da bin ich völlig raus!

Nun gut, aus der jahrelangen Erfahrung meiner Skat spielenden Familie könnte ich noch genügend weitere Maßnahmen schildern, die Fortuna oder wen auch immer wohlgesonnen stimmen sollten.

Beliebt war zum Beispiel, den Stuhl, auf dem man saß und auf dem man eben nicht die erhofften guten Karten erhielt, einmal umzudrehen! Das ging fast immer, war unabhängig vom Spielort,

war nicht auf das Vorhandensein eines Ofens ange-
wiesen oder an sonstigen Voraussetzungen
geknüpft (lassen wir hier einen Sitzplatz auf einem
Sofa mal aus dem Spiel). Ebenfalls beliebt war
auch, den Stuhl komplett auszuwechseln, falls es
noch einen leeren Stuhl im Zimmer gab (alle
Mitspieler wären ja nicht einmal annähernd gewillt
gewesen, den eigenen Stuhl gegen den mit Karten-
pech versehenen Stuhl gegen den eigenen zu
tauschen. Wahrscheinlich brauchte man für beide
Stuhlvarianten schon sehr viel Aberglaube, aber
wenn sich danach der Erfolg einstellte, warum
nicht!

Einmal um' s Haus zu gehen, was wohl auch
nützlich zu sein schien, war da schon etwas schwieriger. Bei der Laube meiner Großeltern ging das am
einfachsten, wobei man sich an den Weinreben mit
Spalier und am Misthaufen mit einiger Mühe
vorbei zwängen musste. Aber es ging und wurde
auch praktiziert! In der Etagenwohnung mussten
die Mitspieler dann schon mal etwas warten. Heute
könnte das „Um's-Haus-Gehen" vielleicht für
Raucherpausen genutzt werden, die es damals ja

bekanntlich nicht gab, alle rauchten wo und wann auch immer (und nicht zu knapp).

Die ganz krasse Methode meine Opas war, wenn er wirklich längere Zeit kein vernünftiges Blatt bekam, die Karten in den Ofen zu befördern, um anschließend das zweitbeste Kartenspiel aus der Schublade zu nehmen! Ich brauche wohl nicht erwähnen, dass das nur bei ihm zu Hause und mit den eigenen Karten passieren konnte.

Da haben wir übrigens auch wieder das (heutige) Problem des hierfür erforderlichen Vorhandenseins eines Ofens!

Klar ist auch, dass man das nicht oft gemacht hat. Immerhin war so ein Kartenspiel ein wertvolles Gut. Es gab auch keinen Supermarkt, wo man eben ein Zehnerpack kaufen konnte. Ich hatte auch oft beobachtet, dass Opa alle Karten einzeln abgewaschen und anschließend auf einer Wäscheleine mit passenden Wäscheklammern getrocknet hat. Dass die heutigen Kartenblätter so etwas mitmachen würden, glaube ich nicht. Hierzu passte auch die Frage meines Opas vor Spielbeginn, ob alle auch saubere Hände hätten. Auch wenn es natürlich nicht kontrolliert wurde, man achtete auf „sein" Kartenspiel. Erst recht, wenn es sich wirklich einmal um neue Spielkarten handelte. Wenn nach jedem Preisskatspiel die Karten für nur 50 Pfennig an die Mitspieler verkauft wurden, war das eine preiswerte Anschaffung und die Gelegenheit dazu wurde immer gern genutzt.

Wovon mein Großvater sich besonders viel Glück versprach, war eine Hasenpfote in seiner Hosentasche. Damals wusste ich noch nicht, dass diese nicht von einem Hasen, sondern von einem der Kaninchen stammte, die Opa im Stall hatte. Als kleiner Junge durfte ich sie füttern und habe sie immer gerne gestreichelt. Später sagte man mir, dass sie alle weggelaufen wären. Na klar, einem Vierjährigen kann man nichts von einem leckeren Braten und erst recht nicht von einem abgetrennten Bein als Glücksutensil erzählen! Ob diese Pfote tatsächlich den gewünschten Kartenerfolg erzielte, habe ich allerdings auch später nicht erfahren.

Aus welchen Gründen auch immer, gab es auch die Überzeugung, für den weiteren Verlauf des Spielabends sei es gut, das erste Spiel zu verlieren. Nicht mit Absicht natürlich, dafür hatten meine Familienmitglieder zu viel Ehrgeiz, aber so eine gewisse Befriedigung stellte sich ein, wenn es doch einmal passierte. „Die ersten Pflaumen sind madig", hieß es dann, was ja bekanntlich auf alle Karten- und sonstigen Spiele umgemünzt werden kann. Abgesehen davon, dass ich das ziemlich weit hergeholt fand (und immer noch finde), kann ich mich nicht erinnern, dass der erhoffte gute Spielverlauf mit dem Kartenglück danach wirklich eingetreten wäre. Aber das hat sich inzwischen sowieso erübrigt. Das mit den madigen Pflaumen ist bei dem heutigen Obstanbau, selbst ohne Bio-Siegel, recht zweifelhaft. Kleine Maden haben bei den ganzen Sprüh-Aktivitäten so gut wie keine Chance, in eine der heutigen Pflaumen hineinzukommen. Die schaffen es weder in die ersten noch in die „zweiten" Pflaumen. - Na gut, auch diese Hoffnung, dem Glück näher zu kommen, war und ist eben nur vom Aberglauben abhängig.

Einer der beliebten Sprüche meines Opas nach einem erfolglosen Spieltag: „Wir müssen mal aussetzen"! Unnötig zu erwähnen, dass dies nur bei finanziellen Verlusten geschah. Genauso wäre aber nie einer der Mitspieler auch nur annähernd auf den Gedanken gekommen, dass er es damit ernst meinte. Nicht mein Opa!

Sicherlich nur bedingt zu den Glücksbringern zählte auch eine Eigenart meines Vaters, die man als eine Art Entscheidungsfindung bezeichnen konnte. Spielte ein Mitspieler einen Grand und mein Vater musste sich erst lang- und dann kurzfristig entscheiden, welche Karten er abwerfen sollte. Nach acht Karten hatte er die Wahl, welche der beiden letzten Karten er abwerfen wollte, um vielleicht noch einen Stich zu machen, der nicht zum „Schwarz" führte. Das Abwerfen der Karten des Mitspielers verriet ihm auch nicht, welche Farbe es zu behalten galt. In diesen und ähnlichen Fällen legte Vater beide Karten an den Tischrand, schlug mit der äußeren Handfläche gegen beide Karten und die Karte, die am weitesten in die Tischmitte rutschte, wurde dem vorletzten Stich hinzugefügt. - Glück und Pech hielten sich dabei die Waage.

Außer beim Preisskat (da ging das nicht) hatte mein Vater auch immer die Angewohnheit, zweimal zu sich abzuheben! Fast immer mit der

Erklärung „Zum Herzen". Ich weiß nicht, welche tiefsinnige Bedeutung das hatte, aber vielleicht reichte das schon, um das Glück herbeizurufen. Einen Skatpullover oder eine Hasenpfote hatte er ja nicht. Natürlich gab es hierzu mit neuen Spielpartnern oftmals Diskussionen, dass das nicht erlaubt sei. Die meisten, erst recht wir als Familie, tolerierten es aber! Auch nicht abheben vor dem Geben, sondern ein beherztes auf das Kartenblatt klopfen, sollte, nicht nur bei meinem Vater, hier und da das Glück herbeirufen, was ja auch eigentlich nicht erlaubt ist.

Apropos „Zum Herzen", ein Kegelbruder meines Vaters nervte seine Mitspieler, wenn er ein Herzspiel spielte: „Mein Herz gehört meiner lieben Frau!" Beim ersten Mal ist das vielleicht, falls man überhaupt versteht, was er damit meint, noch originell oder romantisch(?), aber jedes Mal? Die Mitspieler freuten sich jedenfalls, wenn er kein „Herz" spielte. Sicher kennt ihr noch weitere nervende Wiederholungen von Spiel- und Ausspielansagen.

Was ich allerdings von meinem Vater übernommen habe, ist der Spruch: „Nun haben auch die kleinen wieder Mut!" Insbesondere, wenn er ein teures Spiel gewonnen hatte und wieder in den Gewinnbereich kam oder während man dicht am Sieg gegen den Einzelspieler, z. B. mit einer herausgeschnittenen 10, war. Ich wende diesen Spruch aber auch beim Schach (doch noch eine Figur zum Gleichstand zurückerobert) oder Tennis (Rückstand aufgeholt) an.

Eines der besten Beispiele für Glücksbringer oder Aberglauben im Skat gibt es in der Skatstadt Altenburg. Im dortigen Brunnen soll man seine Karten im Wasser taufen und dann sozusagen immer Glück haben. Und wenn ich mir die beiden Schweinsköpfe, aus denen das Wasser sprudelt, ansehe, dann sehe ich, wie viele Leute diese Schweinsnasen angefasst haben. So blank bekommst Du sonst kein Metall. Was sollst Du auch machen, wenn Du gerade kein Skatspiel zur Hand hast, dann packst Du wenigstens die Schweinenase(n) an! „Vorsichtshalber" ist ja als Alternative der Brunnen im Spielkartenmuseum noch einmal für glücksbringende Handhabungen nachgebildet.

Wenn ich mir die gesamten Eigenarten mit all den Glücksbringern oder Ritualen noch einmal in Erinnerung rufe, bin ich mehr als erstaunt, dass ich nicht einmal annähernd für irgendwelche Glückshelfer oder für abergläubisches Tun empfänglich bin – obwohl ich durch und durch ein Spieler bin. Verblüfft mich gerade selbst! Hier hat die Vererbungslehre anscheinend irgendwie versagt!

Vielleicht liegt es daran, dass ich neben Skat auch ein begeisterter Schachspieler bin (seit 1976 treffen wir uns - sechs Spieler - einmal im Monat zu einer privaten Schachrunde, abwechselnd bei jedem von uns zu Hause). Schach ist für Glücksbringer zu logisch, da wären sie nur sehr bedingt von Vorteil, selbst wenn es die besagte Schachgöttin Caissa wirklich gibt (die wohl sowieso nur in ganz seltenen Fällen hilft und da weiß ich, wovon ich rede).

Generell sind ja Glücksbringer eigentlich ohnehin nur für abergläubische Menschen „vorgesehen". Oder? Und sie haben auch nicht unbedingt nur mit einem Kartenspiel zu tun. Sie, die Glücksbringer, wie es der Name ja schon sagt, sollen ja in erster

Linie zu Glück (was auch immer das für den Einzelnen heißen mag), vielleicht auch noch zu Gesundheit und einem langen Leben verhelfen. Also alles das, was man auf Geburtstagskarten schreibt oder inzwischen ja auch per Handy so eintippt. Wenn sie dann auch noch das Böse fernhalten - umso besser. Vier Buben bekommt man damit jedenfalls leider nur sehr selten!

Auch hier wieder mein Hinweis, schaut einmal im Internet nach, als wollt ihr einen Glücksbringer erwerben. Da kommt man in erster Linie nicht an Schweinen, Kleeblätter, Hufeisen und Marienkäfer vorbei. Was man da alles findet! Beeindruckend!

ALTENBURG

Wenn man über Skat plaudert, kommt man an Altenburg, der Gründerstadt des Skats, nicht vorbei. Erst recht nicht, wenn (Engel)man(n) selbst einmal dort gewesen ist. Das hatte schon lange auf meinem Städte-Wunsch-Zettel gestanden und ist im letzten Sommer endlich erfüllt worden. Auf der Rückreise aus Frankreich haben wir, meine Frau und ich, einen Drei-Tage-Stopp in Altenburg inklusive Besuch des Spielkartenmuseums eingebaut.

Eine schöne kleine Stadt und wenn man im Ratskeller im Rathaus Altenburg die erste Mahlzeit einnimmt, wird einem spätestens dann klar, ach ja, die haben hier was mit Kartenspielen zu tun. Falls wirklich nicht klar gewesen wäre, um welches Spiel es geht: Im Restaurant Ratskeller auf unserem quadratischen Holztisch gab es Intarsien mit gleich vier Schriftzüge als Hinweis. Jedem der vier Plätze war ein Skatbegriff zugeschrieben worden. Meine Frau saß bei „Grand overt" und ich saß bei „18 … 20 … 2 … 3 … 4", die beiden anderen jeweils gegenüberliegenden Plätze mit „Einfach gewonnen" und „Ramsch" blieben leer, weil wir ja nur zu zweit waren. Erstaunt war ich natürlich, dass dort wirklich „Ramsch" eingearbeitet war, welches es ja bekanntlich nicht in die Skatwettspielordnung geschafft hatte. Gut, beim Kneipenskat ist Ramsch ja gang und gebe und dieser Ratskeller, den es sicher samt Rathaus seit 1564 gibt, hat die „Erfindung" des Skatspiels ja praktisch vor Ort als Kneipe miterlebt. Von daher ist das wohl in Ordnung, wobei die Begriffe „Kneipe" und „Kneipenskat" für dieses Restaurant mehr als fehl am Platze sind.

Über meinem Platz im Restaurant (wie auch bei uns im Hotel) war auch die Figur des Eichel Unter, also die oberste Karte, als große Holzfigur an der Wand angebracht. Nebenbei gesagt, können wir die Küche des Ratskellers nur empfehlen!

Auf der Website des Spielkartenmuseums wurde auch noch ein „Drucktag für Praktiker" angeboten. Maximal 15 Personen konnten daran teilnehmen und die Möglichkeit, sich schon vorher anzumelden und zu bezahlen gab es auch. Toll, wollte ich! Also meldete ich mich vorsichtshalber bereits vor der Reise an, 15 Teilnehmer sind bei Reisegruppen bestimmt schnell erreicht (dachte ich).

Wenn man vom Marktplatz der Altstadt zum Residenzschloss läuft (das Spielkartenmuseum ist im Schloss), kommt man unweigerlich am Skatbrunnen vorbei. Im oberen Teil des Brunnens kämpfen die vier Bauern, die beim deutschen Blatt auch Wenzel heißen, um die Vorherrschaft (vielleicht aber auch nur so). Der Eichel Unter, beim französischen Blatt also der Kreuz Bube, gewinnt natürlich, logisch.

Mir ist hierbei natürlich klar, dass die Buben des französischen Kartenspiels niemals auf einen derartigen Brunnen in dieser Art abgebildet werden könnten. OK, sie sind ja auch keine Bauern! Außerdem müssten sie hierzu schon mal ihre Waffen ablegen, Kreuz und Pik Bube haben gleich in beiden Händen Waffen. Außerdem sind sie auch mit ihrer Kleidung nicht auf Kampf eingestellt, mit all den Schärpen, den Hüten und was sie sonst noch so als Edelleute tragen. Raufen wäre da selbstverständlich bei weitem unter ihrer Würde. Wenn sie kämpfen, dann mit Degen, Schwert oder Hellebarde, die sie ja schon auf dem Bild bei sich haben. Allein ihre jeweiligen Titel würden jede Visitenkarte schmücken: „Lanzelot vom See, Ritter der Tafelrunde" (Kreuz Bube), „Dänischer Ritter Ogir" (Pik), „Ritter Etienne de Vognolles, genannt La Hire" (Herz), „Hauptmann Hector de Gelard im Dienst König Karls des Weisen" (Karo). Da ist der französische Einschlag unverkennbar.

Neben der oben auf dem Brunnen dargestellten Rauferei der Bauern, ist, wie bei den Glücksbringern ja bereits erwähnt, rechts und links auf jeder Seite je ein Schweinekopf abgebildet. Aus deren Mäuler fließt das Wasser, daher Brunnen. Hier soll man seine Karten unter Wasser taufen damit man immer Glück hat. Ob das die heutigen oder überhaupt Skatblätter aushalten? Vielleicht auch nur ein wenig ins Wasser halten? Oder gleich samt Pappverpackung? Hier ist der Glücksuchende leider auf sich allein gestellt, es gibt keine

Anleitung, wie man denn nun das erhoffte Kartenglück bekommt!

Nach einer Besichtigung des Schlosses und des Spielkartenmuseums ging es zu meinem „Drucktag für Praktiker"! Ich war tatsächlich der einzige Teilnehmer! Den netten Uli, den ich als etwa gleichaltrig einschätzte, fragte ich, ob wir hier in der vertrauten Zweiergruppe das mit dem „Sie" sein lassen können. „Ich bin der Uli mit nur einem ‚l' ", war die Antwort und es konnte losgehen. Er war hier seines Zeichens der Druck- und Museumsexperte des Spielkartenmuseums, erklärte mir alles, was sich in den Ausstellungsräumen so befand und dann ging es auch schon ans „Praktische", wie es ja auch die Kursbezeichnung aussagte. Schürze um und unter der Anleitung von Uli hantierte ich mit der Walze, um braune Farbe auf die Druckform, die ich mir vorher aussuchen konnte, aufzutragen. Da es (natürlich) nur Druck-Vorlagen für ein deutsches Blatt gab, wählte ich (ebenso natürlich) das Pendant zum Kreuz Buben, den Eichel Unter. Die Druckform mit der aufgetragenen Farbe nebst einem großen Bogen Spezialpapier wurde in die Druckmaschine befördert und

mit einem beherzten Hebeldruck das Werk voll-
endet. Am nächsten Tag konnte ich das nun
getrocknete Bild abholen.

Nun habe ich Herrn Eichel Unter in der stattlichen
Größe von 45 x 32 cm und in einem Rahmen in
meinem Büro und er schaut mir hier beim schreiben dieser Zeilen hoffentlich inspirierend über die
Schulter.

GESCHICHTEN

Onkel Otto

Natürlich war Onkel Otto nicht mein richtiger Onkel. Damals waren alle anderen, die nicht Eltern oder Großeltern waren, Tante oder Onkel. So einfach war das! Onkel Otto kam nur gelegentlich zu den Skat-Samstagen meiner Großeltern. Er spielte gern, aber nicht gut und meistens wussten mein Opa und mein Vater zu verhindern, dass er mit ihnen spielte. Sicherlich wäre es ein Leichtes gewesen, ihn finanziell auszunehmen, aber das wisst ihr Skatspieler ja auch, es macht keinen Spaß, wenn einer den ganzen Abend lang Fehler macht. Und das sowohl als Mit- als auch als Alleinspieler. Spielte er allein, spielte er stets die Asse und alle Fehlkarten aus, bevor er die Trümpfe zog und er

ging auch nie auf die Ausspielfarben seines Mitspielers ein. Leider war er auch beratungsresistent
und hielt sein Spiel für nicht schlecht. Gut, er war
mit über 80 Jahren auch schon etwas ältlich und
hatte immerhin zwei Welt-Kriege überstanden.

Das hatte aber nichts damit zu tun, dass ich ihn als
Kind sehr mochte. Er brachte mir ab und zu Süßig-
keiten mit und unterhielt sich länger mit mir, was
die anderen ja nicht immer mit 7-jährigen machten.
Oftmals besuchte ich ihn mit meinem Roller, da
sein Kleingarten, in dem er auch ständig wohnte,
nur unweit des Gartens meiner Großeltern lag.
Dann nahm er eine Scheibe Brot und legte sie auf
seine zweifeldrige Elektro-Herdplatte. Nachdem
beide Seiten geröstet waren, wurden sie mit dick
Butter bestrichen. Auch dabei hat er sich immer
nett mit mir unterhalten. Fand ich toll, zumal wir
bei uns auch noch keinen Toaster hatten, der
wurde erst später angeschafft. Es war immer ein
Erlebnis!

Warum er nicht so gut Skat spielen konnte und
auch die folgende hier aufgeführte Begebenheit
erzählte mir später mein Vater. Auch wenn ich ja

schon die Skatregeln beherrschte, so detailliert waren meine Beobachtungen nun doch nicht.

Entscheidend war aber, und deshalb kommt diese Geschichte hier überhaupt erst zur Sprache, er war schwerhörig und hatte ein Hörgerät. Nun hatte dieses Hörgerät natürlich nicht im Entferntesten etwas mit der heutigen Technik zu tun. Er hatte ein riesiges Teil, das ins Ohr gesteckt wurde und dazu noch ein sehr großes Verstärkerteil. Um die genauen Maße des eigentlichen Hörgerätes zu schildern, stellt euch zwei heutige Handys der Größe 5,2 Zoll übereinander vor. Dieses riesige Behältnis trug er mit einem Band um den Hals und es war mit einem Kabel zu seinem Ohr verbunden. Teilweise aus Bequemlichkeit, vielleicht auch aus Sparsamkeitsgründen, wechselte er allerdings nur sehr selten die Batterien.

Wenn seine Mitspieler das mitbekamen, wurde das schon mal ausgenutzt. So kam es vor, das bei seinem Spiel schon mal die eine oder andere Frage geflüstert an den Mitspieler gestellt wurde: „Hast Du Kreuz Bube?", „Ich habe kein Pik" oder „Ich halte Kreuz Ass". Davon bekam Onkel Otto natürlich nichts mit. Zu seinem ohnehin schon, sagen wir mal, unglücklichen Skatspiel, kamen also auch noch die unfairen Aktionen der Gegner. Im Nachhinein kann ich da noch mehr Mitleid mit ihm haben.

Auswärtsspiel

Meine Frau und ich besuchten eine frühere Kollegin von ihr in einem kleinen Dorf nahe der Nordsee. Der Partner ihrer Kollegin war nicht so sehr erfreut, da ausgerechnet an diesem Tag sein allmonatlicher Preisskat angesagt war. Begeisterung setzte dann ein, als er erfuhr, dass ich auch Skat spielen könne und natürlich gern mitkommen würde. Gesagt, getan, wir fuhren abends los.

Bereits vor dem Spiellokal zeigte mir eine Anzahl von Traktoren, um welchen Personenkreis es sich wohl handeln würde. In der Kneipe bestätigte sich der Verdacht: Die Teilnehmer sahen genau aus, wie man sich als Großstädter, mit allen Vorurteilen dieser Welt, Bauern vom Land vorstellt.

Für alle wurden noch einmal fast alle (!) Spielregeln des Skats erklärt. Warum verwunderte es mich nicht, dass man hier den Grand noch mit „20" bewertete, anstatt mit „24", wie schon seit vielen Jahren üblich?

Toll waren aber vor allem die Rechenkenntnisse. Nun muss man dazu sagen, dass es hier nicht die üblichen Preisskatformulare gab, sondern selbstgebastelte Vordrucke. Ich hätte mich nicht gewundert, wenn es einen dieser von Brauereien gesponserten Miniblock für Skatspieler als Punkteblatt gegeben hätte. Es gab natürlich keine 50 Punkte für ein gewonnenes Spiel oder 40 Punkte, wenn ein anderer verloren hatte, wie der Originalvordruck es üblicherweise vorsieht. Bei den Auslosungen der Spielrunden, wer diesen Vordruck auszufüllen hatte, meinte es das Losglück nicht gut. Gleich bei allen drei Auslosungen waren die jeweiligen Schriftführer sowohl beim Ausfüllen als auch bei Zusammenrechnen überfordert. Noch besser, dass alle absolut hilferesistent waren und die Macht des Kugelschreibers nicht aus der Hand geben wollten. Ein kleiner Auszug: „92 und 144! 2 und 4, äh, 2 plus 4, das sind 6, ja 6, dann 9 und 4, äh, 12, nein 13, ja stimmt 13, also auch noch die 1 und dann haben wir 136, nein 236, oder?"

Platz 3 als Ergebnis und eine Salami mit einer Größe von einem halben Meter gingen nach dem Wochenende zurück nach Berlin. Hat aber nicht nur deshalb Spaß gemacht.

Teure Runde

Meine eigentümlichste Skatrunde erlebte ich, als ich Mitte 20 war. Es war Sonntag und ein monatlicher Preisskat in einer Kleingartenkolonie in der Nähe meines Fußballplatzes. Wir hatten ein Heimspiel, also gingen wir Spieler, die auch Skat konnten, dort hin. Platz 2 und ein riesiger Schinken als Preis gingen an mich. So weit so gut!

Da es erst gegen 19.00 Uhr war, hatten einige noch Lust auf eine weitere Skatrunde. Ich wurde gefragt, ob ich dabei wäre, mit mir wären wir zu viert. Alle waren in etwa in meinem Alter und ich kannte sie von diesem und teilweise von vorherigen Preisskat-Turnieren. Das kam ja öfter vor, dass nach dem Turnier noch etwas weitergespielt wurde, dann aber (eigentlich) mit etwas mehr Risiko, da es ja nicht mehr um Preise ging. Neu war allerdings, dass einer auf die Idee kam, diesmal einen 10-Pfennig-Skat zu spielen. Hui, das war schon mal eine „Hausnummer"! Damit aber nicht genug, wer ein Spiel verlor, musste auch noch eine Runde ausgeben. Da ich die Spielstärke meiner künftigen Mitspieler recht gut kannte, staunte ich sowohl über den Punkte-Tarif als auch über die Getränkevereinbarung. Ich glaube, jeder meinte besser zu sein als die beiden anderen Spieler, wobei sie von mir wussten, dass ich nicht so schlecht spielte. Folglich war ich einverstanden.

Der Rest ist eigentlich schnell erzählt. Ich hatte in knapp zwei Stunden 89 DM gewonnen, aber im Gegensatz zu meinen Mitspielern hatte ich keine (!) Getränkerechnung, während bei allen drei diese weit in den dreistelligen Bereich ging. Meine drei Mitspieler gönnten sich nämlich bei den vereinbarten verlorenen Spielern jeweils Whisky-Cola zu je 12 DM. Damit hatte ich nun nicht unbedingt gerechnet und im Nachhinein erfuhr ich, dass sie das öfters machten. Ich war jeweils mit einem Bier zufrieden und konnte gar nicht so schnell trinken, wie sich die Biere ansammelten. Irgendwann lehnte ich ein weiteres Bier ab. Die relativ kurze

Spieldauer war natürlich auch dem Alkoholkon-
sum meiner drei Skatpartner geschuldet, wobei es
auch für mich, bei dem 10-Pfennig-Kurs pro Punkt,
schon anstrengend genug war. Volle Konzentration, vom Mitzählen angefangen, bis hin zum
möglichst risikolosen Reizen, wo man sonst halt
mal mutig drauflos reizt. Wenn aber selbst das
billigste verlorene Spiel schon dreimal 3,60 DM
(=10,60 DM) kostet und sich auch noch 36 DM auf
der Rechnung (ohne eigenes Getränk) wiederfan-
den, überdenkt man sein Kartenblatt sehr, sehr,
sehr genau.

Auch wenn das nun schon viele Jahre her ist, ich
kann mich noch immer gut erinnern, welches
Gefühl ich nach dieser Spielrunde hatte. Nicht nur,
dass ich nicht mal annähernd so betrunken wie die
drei anderen war, es war auch die Mischung der
Endorphine, auch als Glückshormone bekannt,
und das langsame Nachlassen der Konzentration.
Irre Sache! Dem Taxifahrer musste ich auch gleich
meine Gefühlssituation mitteilen.

Schummelei

Ich gebe natürlich keine Ratschläge für Schumme-leien, eher Warnungen davor und will hier eine vielleicht nicht ganz bekannte Betrügerei schildern, die ich in dieser Form jedenfalls nicht kannte.

Simpel sind Absprachen aller Art, die sowohl mit harmlosen Stichworten, ganz natürlich wirkenden Handlungen oder mit einer Handhaltung getroffen werden können.

Hier war es aber eine raffinierte Methode, ein bei-nahe profihafter Trick. Dazu muss ich etwas weiter ausholen. Ich selbst habe fast mein ganzes Leben Fußball gespielt und nach jedem Auswärtsspiel haben wir ein in der Nähe liegendes Lokal auf ein Bier (oder vielleicht auch auf zwei) besucht. An einem dieser Sonntage sah ich am Nebentisch eine Viererrunde beim Skatspielen. Da ich (ich glaube, ich habe es schon erwähnt) ein begeisterter Skatspieler bin, schaute ich hin und wieder dem nachbarlichen Treiben zu. Mehr durch Zufall bemerkte ich, wie zwei Spieler sich unter dem Tisch per Fuß Zeichen gaben! Nach einigen Beobachtungen, kam ich nach und nach hinter die jeweiligen Zeichen. Immer, wenn einer der beiden Schummel-Kumpels zum Geben aussetzte, schaut er in den Skat. Das wurde anscheinend von den anderen beiden Spielern toleriert, obwohl es eigentlich nach den Regeln nicht erlaubt ist.

Gut, Kneipenskat, im wahrsten Sinne des Wortes, hat ohnehin manchmal eigentümliche Regeln (Kontra und Re gibt es nach der Skatordnung ja auch nicht) und wenn man glaubt, sich gut zu kennen, vermutet man, Derartiges auch kaum.

Also wenn einer der beiden durch Geben aussetzte, schaute der Geber in den Skat, dann in die Karten seines neben ihm sitzenden, sozusagen zusammen-spielenden Spielkumpanen und drückte so oft mit dem Fuß auf seinen Schuh, so weit er reizen sollte. Also Fuß auf Schuh, 18, Fuß auf Schuh, 20 usw. Hatte er beim Reizen gewonnen schob er ihm entweder den Skat zu, damit er ihn aufnehmen konnte, schob er ihn nicht zu, sollte er Hand spielen. Natürlich geschah dies auch, wenn der andere am Geben war. Eine ziemlich ausgebuffte Methode, auf die man eigentlich nicht so ohne weiteres kommt oder, wie erwähnt, zumindest mir nicht bekannt war.

An dieser Stelle möchte ich auch gleich davor warnen, mit völlig unbekannten Leuten um hohe Geldbeträge zu spielen. Vor allem sollte man sich an die Regeln halten und nicht damit einverstanden sein, dass der Skat angeschaut werden darf. Das mag im Freundeskreis durchaus anders sein, erst recht, wenn es um ein Bier oder geringe Summen gehen soll. Eigentlich ist da die Skatordnung sehr hilfreich und beugt derartigen Manipulationen bereits im Vorfeld vor – man muss nur darauf bestehen, dass sie eingehalten wird! Sie zu kennen ist natürlich ebenfalls erforderlich, keine schlechte Idee!

Preisskat-Gänse

In unserer Fußballkneipe gab es wieder einmal einen Preisskat. Mein Nachbar und ich gingen also los. Es fing für ihn auch gut an, mein Nachbar hatte gleich im ersten Spiel vier Jungs und auch der Rest hatte alles, was zu einem Grand gehört. Kaum hatte er sich auf sein Spiel gefreut, da warf Vorhand seine Karten bereits auf den Tisch, denn er hatte bei seinen zehn Karten auch die Deckblattkarte des Skatspiels dabei. Dort, wo auf einer Seite die einzelnen Spielwerte aufgeführt sind, die Rückseite aber genau wie alle anderen Karten bemustert sind. Es war vergessen worden, sie zu entfernen! Dass der Geber folglich 11 Karten hatte, wurde noch nicht bemerkt und war auch inzwischen nebensächlich.

Übrigens hat mir mal ein erfahrener Spieler erzählt, dass es statistisch häufig vorkommt, dass bei einem neuen Skatspiel einer gleich alle Buben erhält, (auch wenn die Deckblattkarte entfernt wird). Klingt zumindest merkwürdig!

Aber weiter zum Preisskat. Die Weihnachtszeit stand vor der Tür und für die ersten drei Platzierten gab es jeweils eine Gans. Mit gerade noch Platz 3 konnte ich eine mit nach Hause bringen.

Damit nahm mein Gans-Schicksal aber seinen Lauf. Meine Frau bereitete den Vogel entsprechend vor und er kam schließlich in den Backofen. Dieser Gefiederfreund war aber dermaßen dürr, dass zwei Personen davon nicht satt wurden! Und wir hatten noch überlegt, wen wir dazu einladen! Als danach auch noch der Backofen eine Reinigung mehr als

nötig hatte, bekam ich von meiner Frau die unmiss-
verständliche Order: „Du bringst mir keine Gans
mehr mit!"

Und, ihr könnt ahnen, was danach passierte? Preisskat im Tennisverein, hier bekam zwar nur Platz 1
eine Gans, aber sie wurde mir überreicht. Gut, der
zweite Preis war ja auch nicht schlecht und voller
Freude tauschte der Zweitplatzierte seinen Preis
mit mir. Natürlich war diese Gans, so der Zweitplatzierte bei späterer Nachfrage, ein Genuss und
hatte keine der Geschmackssymptome oder
Größenprobleme „meiner" ersten Gans. Soweit so
unglücklich.

Noch einmal eine schwere Frage, was meint ihr,
was ein Jahr später passiert ist? Genau, wieder ein
Preisskat im Tennisverein, wieder ist Platz 1 eine
Gans und wieder „gelingt" es mir, mit Platz 2 den
Preis zu tauschen. Ja, das Schicksal verlangt
manchmal einiges von einem ab.

Dass es seitdem keinen Preisskat mehr in unserem
Tennisverein gibt, hat aber andere Gründe und
ursächlich weder etwas mit meinem doppelten
Preistausch zu tun noch mit der Tatsache, dass

Engelmann schon wieder gewonnen hatte. Trotzdem schade!

Wer kann Skat?

Als wir uns nach der Wende um eine neue Wohnung umsahen, riet uns eine Bekannte, dass wir uns in Falkensee doch mal die gerade geplanten Reihenhäuser ansehen sollten. Nun ist für einen West-Berliner, genauer gesagt Wilmersdorfer, bereits der Bezirk Spandau eine zumindest gefühlte Tagesreise. Für Nicht-Berliner, Falkensee ist zwar schon Brandenburg, liegt aber gleich hinter Spandau. Piloten würden sagen Falkensee liegt bei 9.00 Uhr. Sozusagen Ortsausgangsschild Berlin gleich Ortseingangsschild Falkensee.

Kurzfassung, wir zogen dort hin und ich trat dem örtlichen Fußballverein Falkensee-Finkenkrug, den „Alten Herren" (Senioren ab 32 Jahren), bei. Dort wurde ich (als einziger Wessi) gut aufgenommen und es gab alle zwei Wochen verschiedene außerfußballerische Veranstaltungen mit und ohne Frauen: Tanzfeiern, Kegeln und vieles mehr, unter anderen auch ein Preisskat. Den sollte ich mit meinem Mannschaftskäpten organisieren. Also stellte ich ihm die für mich normale Frage: „Wer von der Mannschaft kann denn Skat?" Sein verständnisloser Blick, gepaart mit einer Mischung aus Schweigen und Überlegen verriet mir, hier läuft was anders! In meinen bisherigen Fußball-vereinen konnten in etwa 7-8 Spieler Skat spielen, wie gut oder schlecht auch immer. Für derartige Events wurden dann Trainer, Betreuer oder sogar andere Mannschaften eingeladen, um so ein Turnier mit genügend Mitspielern aufzufüllen.

„Es können alle Skat spielen!", war schließlich seine Antwort, wobei er noch immer ein gewisses Unverständnis im Blick hatte. Erklärenderweise fügte er noch hinzu, dass man bei der Armee, sprich NVA, und da mussten ja alle hin, immer alle Skat gespielt hatten. Ob das bei der Bundeswehr auch so war/ist, glaube ich allerdings nicht! Als West-Berliner brauchte/durfte ich ja nicht und kann das folglich nicht so richtig oder nur bedingt beurteilen. Aber das alle spielen konnten - sehr be-eindruckend!

Einst ...

Es ist schon eine Weile her, da mussten in West-Berlin die Messehallen, genauer genommen das Palais am Funkturm, als Austragungsort für Skat-Meisterschaften nationaler oder internationaler Titel gebucht werden. Es war *das* Medienereignis sowohl als Fernsehbeitrag in der Berliner Abendschau (zumal der Sender Freies Berlin genau gegenüber seinen Sitz hatte), als auch in der Zeitungslandschaft.

Ich habe noch immer die beeindruckenden Bilder des Fernsehbeitrages (in schwarz-weiß) in Erinnerung, dass die riesige Messehalle aus vielen Tischen mit skatspielenden Menschen bestand. Soweit ich mich erinnern kann, waren es mehr als tausend Spieler. Viele der Herren trugen Anzüge mit Krawatte, also dem damaligen Ereignis scheinbar angemessen. Sieht ja auch gut aus, sollte man gewinnen.

Anhand der beiläufigen Bemerkung, dass es sich um eine Schwarz-Weiß-Reportage handelte, kann man ersehen, wie lange das schon her ist. Das Farbfernsehen wurde bekanntlich 1967 gestartet.

Heutzutage reicht ein Hotelsaal und die Medienpräsens hält sich in Grenzen, überrascht aber auch nicht wirklich. Ja, da kann man schon mal rührselig eine Träne verdrücken.

... und jetzt!

Durchforstet man das Internet nach Skat-Dingen kommt man neben zahlreichen Online-Spielangeboten und Softwareprogrammen auch auf die Übertragung des „Skat Masters Finales". Das wird seit einigen Jahren durchgeführt und aus 150 Teilnehmern schaffen es drei Kandidaten in ein Endspiel, welches dann übertragen und im Internet eingestellt wurde. Ob das live war, habe ich nicht herausbekommen, ist aber auch sicher nebensächlich.

Die drei Spieler, fernsehtechnisch geschminkt und verkabelt, saßen, wie bei einem Skatspiel üblich, an einem Spieltisch. Am freien Platz des quadratischen Tisches saß eine nett aussehende Dame, die aber nicht mitspielen durfte. Sie hatte, neben einführenden Worten, eine besondere Aufgabe, aber dazu gleich mehr.

Mit einer speziellen Software konnte der Betrachter die Kartenblätter aller drei Spieler sehen. Leider nicht als Originalblatt, so wurde z. B. ein Herz Bube farblich rot, aber nur mit einem fetten „B" und dem Symbol „Herz" dargestellt. Zumindest gewöhnungsbedürftig und bei den heutigen Gestaltungsmöglichkeiten nicht zeitgemäß. Schade eigentlich. Vielleicht auch ein Copyright-Problem (ich weiß, an wen man sich da wenden kann), zumal andere Software-Kartenspiele das auch hinbekommen, auch in der dieser kleinen Größe.

Die Spieler mussten auch mit recht dicken Karten spielen, da in jeder Karte ein Chip angebracht war, damit die Software den Verlauf der jeweiligen Karte sofort im für die Zuschauer ersichtlichen Kartenblatt aktualisieren kann. Soweit, so gut.

Kommen wir zur Aufgabe der Skatassistentin (ich nenne sie einfach mal so). Sie verteilte die maschinell gemischten Karten und dann mussten die Spieler jede Karte einzeln auf eine markierte Stelle im Tisch legen, damit sie eingescannt werden konnten. Also kein eigenes Mischen und das mit dem Abheben konnte ich leider nicht ausfindig machen, ich glaube aber, es musste ohne gehen. Ein von den

Spielern weitergereichter kleiner schwarzer Chip zeigte an, wer eigentlich Geber wäre.

Nach dem gewohnten Reizen bekam der Spieler auch den Skat, aber nun wurde es noch ungewöhnlicher. Den abgelegten Skat bekam die Assistentin, genauso wie alle Stiche, egal, welcher Partei sie zugeschrieben wurden! Die Software „übertrug" den Punktestand, sprich den Gewinner, der von der Dame verkündet wurde.

Auch mussten alle ausgespielten Karten auf einem vorgeschriebenen Rechteck auf dem Spieltisch platziert werden. Also nicht einfach so ausspielen, wie wir das normalerweise machen. Verstand ich auch nicht so ganz, wenn diese Software jede Karte, wie auch immer, in der Hand zuordnen kann, warum dann die vorgezeichneten Felder auf dem Tisch? Jede Supermarktkasse kann das! Lagen alle drei Karten auf den Feldern, wurden sie von der Dame vom Tisch genommen.

Der Zuschauer sah natürlich jeden Schritt, vom Ausspielen bis zum aktuellen Punktestand beider Parteien. Auch die Gesamtpunktzahl aller Spiele war sichtbar.

Darüber hinaus wurde alles vom einem Kommentator erläutert und ein scheinbar skatkundiger Spezialist gab seine fachkundige Meinung zum Verlauf des jeweiligen Spiels. Mir fielen bei einigen Spielen allerdings etwas kritischere Bemerkungen zu den einzelnen Spielern ein, warum er mit dem Blatt überhaupt 18 sagte (und verlor), warum er denn damit keinen Grand gespielt hat, usw. (schließlich ging es um ein Endspiel), aber das ist meine persönliche Meinung.

Gesprochen wurde bei den Spielen, vor allem auch hinterher, kaum. Vielleicht um die beiden Kommentatoren nicht zu stören? Ich weiß es nicht.

Alles in allem, eine sehr kalte Atmosphäre mit all den sicher für die Kamera und der Software erforderlichen Umständen, aber ein Highlight des Skats war es - zumindest für mich - nicht. Da ist der Gewinner der 25.000 € Siegprämie sicher anderer Meinung.

REGELN

Natürlich unterlagen (und unterliegen) die Regeln im Skat auch einer geschichtlichen Entwicklung. Kunststück, wenn es 1813 bereits losging! Ich bin auch ein Freund des Skatgerichts mit seinen vielfältigen Entscheidungen zu allen bisher entstandenen Problemen. Kann ich nur jedem Skatspieler empfehlen. Wusste ich aber auch erst in meinen späteren Alter und ohne Internet wäre ich auch kaum auf die Idee gekommen, dass es so etwas gibt. Früher konnte das Skatgericht wahrscheinlich nur über die Skatvereine die Entscheidungen publik machen (nehme ich aber nur an).

Wie begegnet (und begegnete) man sich also beim Skat? Man einigt sich, um was man spielt um einen viertel, halben oder ganzen Pfennig oder mehr pro

Punkt, vielleicht noch mit oder ohne Kontra und Re. Fertig!

Ich bin auch der festen Überzeugung, dass man gerade Skat unbedingt um etwas spielen muss. Es ist eins der wenigen Spiele, die absolut anders verlaufen, wenn es eben nicht um Geld oder eine Bierrunde geht. Alle Spieler, und da nehme ich mich keinesfalls aus, reizen einfach anders, um nicht das Wort „riskanter" zu benutzen. Es gibt immer wieder Blätter, die stehen 50:50 ob man überhaupt reizt oder wie weit man gerade mit diesem Blatt gehen soll. Ein Geldbetrag in Form von Münzen und Scheinen oder als Getränkerechnung ist da ein probates Mittel, um jeden Spieler in die Spielrealität zurück zu führen.

Wenn man der einschlägigen Skat-Lektüre glauben darf, und daran besteht natürlich nicht einmal annähernd Zweifel, dann gibt es ja wohl rund 2,7 Billiarden mögliche Kartenkombinationen. Die Wahrscheinlichkeit, zweimal im Leben das gleiche Blatt zu erhalten tendiert ohnehin gegen Null. Davon abgesehen, wie sollte man das merken? „Wartet mal, ich muss mir kurz mein Blatt notieren, das mache ich schon seit Jahren, um zu prüfen, ob ich das Blatt schon mal hatte!" Klingt absurd! Und trotzdem gibt es Tage, da meint man immer das gleiche schlechte, einfach nicht reizbare Blatt zu bekommen.

Hier und da haben wir als Jugendliche auch noch mit Schieber gespielt, aber eher selten. Zumindest bei meinen Familienmitgliedern wurde Schieber nie gespielt. Nicht, weil es in den Skatregeln eigentlich nicht vorgesehen ist, eher eine Mischung aus Gewohnheit: kenne ich nicht, haben wir doch noch nie gespielt. Oder ganz einfach: Es wurde ja nicht geschrieben und da ist allein die Protokollierung der drei oder vier Schieber schon nicht so einfach zu bewerkstelligen.

Schön finde ich auch die Begründung, warum Schieber nicht in das Regelwerk aufgenommen worden ist: „Drei Einzelspielern sind nicht vorgesehen, Skat wird von einem Alleinspieler und zwei Gegenspielern bestritten". Dass Kontra und Re nicht im Regelwerk vorkommen ist zwar schade, aber mit Sicherheit würde es alle Skatturniere verfälschen, von absichtlichen Manipulationen mal ganz zu schweigen. Bei privaten Runden kann man es ja vereinbaren. Immerhin gut, dass jemand mal überhaupt auf die Idee gekommen ist. Fällt einem ja nicht so einfach mal ein.

Ach ja, es kam für die Regeln schon auf das Jahr an, ob z. B. Grand noch mit dem Wert 20 gespielt wurde; insbesondere in den 60-er Jahren hatten einige noch nicht mitbekommen, dass es nun mit 24 berechnet wurde, und ob man beim Null overt gleich „hinlegen" muss. So wie auch heute, wenn es um Veränderungen aller Art geht, tun sich viele Menschen schwer, sich an Neueres zu gewöhnen und sich von dem bisher Vertrauten zu verabschieden. Auch wenn die Änderung beim Grand von 20 auf 24 Sinn machte, um das krönende Spiel beim Skat, den Grand, nicht durch einen Null overt nach dem Reizen zu verlieren.

Dazu fallen mir natürlich die teilweise heftigen Diskussionen ein, die „meine" älteren Herren bei den Samstagsrunden im Garten meiner Großeltern führten. Sie wären niemals auf die Idee gekommen, jemanden zu fragen, wie welches Problem nun zu regeln wäre. Hier wurde bestimmt, aus, fertig. Demokratie beim Skat gab es nicht. Und die hitzigen Debatten waren ohnehin Bestandteil eines jeden (!) Spiels. Sehr selten wegen Regelkunde, nein, die Regeln waren eigentlich geklärt, viel mehr, weshalb man denn nicht Kreuz nachgespielt, weshalb man nicht mitgezählt hatte, um aus dem Schneider zu kommen oder gar zu gewinnen, weshalb denn so oder so gespielt oder auch nicht gespielt worden war. Das prägte mich schon als Kind und ich hatte später, als ich bei den „Großen" mitspielen durfte, gehörigen Respekt, etwas falsch zu machen. Die hitzigen Debatten waren keineswegs vergessen. Und das kennt ihr ja alle, ist ja heute auch noch mehr oder weniger so!

Als ich die einzelnen Entscheidungen des Skatgerichts zum ersten Mal las, hatte ich auch hier und da ein Aha-Erlebnis. Eigenartig finde ich aber schon, dass man die Urteile nicht ausdrucken und auch nicht einfach markieren, kopieren und in ein Textverarbeitungsprogramm einfügen kann. Es ist kennwortgeschützt. Was das in der EDV heißt, wissen wir alle, aber der oft zitierte Normalsterbliche (Skatspieler) kommt eben nicht ran! „Lassen wir das mal so im Raum stehen!", pflegte mein früherer Chef Derartiges zu kommentieren. Gut, so wichtig ist es ja nun auch wieder nicht, wenn man am Bildschirm alles durchlesen kann und alle 271 Seiten sind nun doch nicht interessant. Abtippen würde ja auch gehen. Na ja, blöde Idee.

Also beim Durchlesen vor ein paar Jahren sind mir im Wesentlichen die folgenden Urteile aufgefallen, die ich damals nicht kannte:

Dass man den Skat nach dem Drücken und der Spielansage nicht noch einmal ansehen darf ist mir bei logischem Nachdenken nicht so richtig schlüssig. Warum das denn? Nun gut, muss man sich halt beides merken, sowohl, dass man es nicht machen darf, als möglichst auch, welche beiden Karten ich abgelegt habe.

Interessant und auch logisch (hatte ich beim Skatansehen ja gerade verneint) fand ich die Tatsache des Kartenverrats. Wenn ich also einfach zu Beginn „40" sage und der andere „weg" sagt, aber hinzufügt „bis 33 wäre ich gegangen", kann ich hinwerfen und habe gewonnen! Das ist Kartenverrat, da er anscheinend mit Pik gut bestückt ist! Klingt plausibel und fällt mit gelegentlichen Freizeitspielern wahrscheinlich kaum auf bzw. es wird halt toleriert.

Genauso habe ich anfangs nicht gewusst (und auch kaum erlebt), dass, wenn versehentlich der Skat von einem Spieler mitaufgenommen worden ist, er seine 12 Karten mischen muss, zwei Karten gezogen werden und er vom Reizen ausgenommen wird. Auch das ist eine tolle Lösung.

Bei den meisten, nicht turniermäßig durchgeführten Skatrunden, gibt es ja ohnehin individuelle Vereinbarungen, da wird hier und da schon mal manches lockerer gesehen, als es die Skatregeln und erst recht die Urteile des Skatgerichts vorsehen.

Meine Vorfahren gaben die Karten immer 5, Skat, 5. Erst langsam setzte sich dann die Regel durch, die auch vom Skatgericht bestätigte wurde, 3 Karten, Skat, 4 und noch einmal 3 Karten. Ich habe noch miterlebt, dass beim Preisskat sogar einzeln gegeben werden musste. Das war aber scheinbar kein Einzelfall in Berlin, da auch hierzu eine Anfrage beim Skatgericht erfolgte, die dann verneint wurde. Vielleicht war die Frage aber auch aus Berlin!

Schummeln ist es keineswegs, aber hier und da ganz aufschlussreich sind die speziellen Informationen beim Reizen. Klar, wenn einer bei 22 weg sagt, wollte er wohl ein Herz spielen oder hat auch ein Pik, lässt aber lieber den anderen verlieren. Was mir aber ein Skat-Bundesligaspieler einmal erzählte, war, dass er beim Auslassen von Skatgeboten seinem eventuellen Mitspieler seine Karten verrät, ohne einen Kartenverrat zu begehen und ohne Verlust des Spiels im Sinne der Skatordnung. Er reizt also „18, 22, 23, 24, 27, 33, weg". Da er bewusst die Herz-Reizwerte ausgelassen hat, signalisiert er, „ich habe kein Herz". Das kann durchaus für den Mitspieler eine wertvolle Information sein. Wenn er selbst das Spiel nach dem Reizen erhält ist es nur bedingt informativ, dass die beiden Gegenspieler wissen, dass er kein Herz hat (könnte ja auch im Skat liegen). So aber kann sein Mitspieler bewusst Herz ausspielen oder auf alle Fälle nicht abwerfen, je nachdem, welche Herz-Karten er hat.

Mit diesem Beispiel soll es aber auch genug sein, sonst kommen wir doch noch in den Bereich, dass nicht mehr geplaudert, sondern eher Weiterbildung betrieben wird. Darüber gibt es wesentlich bessere und ausführlichere Literatur, vom Internet mal ganz zu schweigen.

VARIANTEN

Die gängigen Spielarten habe ich ja schon erwähnt und sie sind ohnehin jedem Skatspieler bekannt. Neben dem klassischen Spiel mit der Vereinbarung, um welchen anteiligen oder ganzen (inzwischen) Euro-Betrag es pro Punkt geht, gibt es ja auch noch den „Bierlachs", eine der schnellen Varianten, mal kurz ein Spielchen zu wagen. Nicht nur für Laien stellt sich natürlich die Frage: warum als zweite Silbe „-lachs"? Fisch? Bekannterweise hat Altenburg als Skat-Gründungsstadt wenig Meer in der Nähe, um einmal ein Deutungsversuch zumindest anzusprechen. Nein, da muss man einen geschichtlichen Ausflug in die deutsche Sprache machen: „Bierlachs" heißt eigentlich „Bierlatz" und die zweite Silbe „latzen" stand umgangssprachlich für „bezahlen". Aber das habt ihr natürlich gewusst, ist ja klar. „Herr WWW" weiß darüber noch mehr.

Als Jugendliche haben wir auch öfter „Romanov" gespielt, ist aber auch sicher unter anderen Namen mit gleichem Inhalt bekannt. Es gibt pro Runde nur drei Arten: Man kann zwischen Grand, Farbe und Schieber wählen. Das Spiel, das man jeweils in der ersten und dann in der zweiten Runde ausgewählt hat, kann man aber nicht noch einmal wählen. Folglich steht zum Schluss nur noch eine Variante zur Verfügung. Hier zeigt sich ein gewisses Risiko, vor allem, wenn nur noch ein Grand übrig ist, da Kontra auch möglich gewesen wäre. Wann bekommt man schon „auf Befehl" einen Grand? Ist jedenfalls kurzweilig und in neun bzw. bei vier Spielern, in zwölf Spielen erledigt. Ist natürlich eine Mischung aus viel Glück und etwas Geschick.

Eher selten kam eine weitere Variante vor, aber auch diese ausschließlich zu Jugendzeiten (da macht man ja bekanntlich viel Blödsinn). Es wurde eine Karte vom Skat umgedreht, die Farbe war dann Trumpf und nun konnte jeder reizen. Spielten wir bis 301 um ein Bier.

Natürlich gibt es noch viele weitere Spielvarianten im Skat, das Internet ist voll davon und viele sind noch alberner, aber diese beiden gehörten halt zu unserem Spielrepertoire. Es liegt aber, glaube ich zumindest, am Alter, wenn man das jetzt überhaupt nicht mehr spielt. Derzeit ist man allerdings froh, überhaupt zwei normal spielende Skatleute zu finden. Vielleicht „erwische" ich aber Leser, die das nicht kennen und mal ausprobieren möchten!

SKAT HEUTE

Wie ja schon einmal angesprochen: Die die guten, alten Skatzeiten sind leider vorbei.

Das fängt bei mir persönlich schon in der Familie an. Alles was früher Familie war, traf sich damals regelmäßig zum Skat, teilweise an mehreren Tischen. Heute werden meine beiden Geschwister und ich die letzten Dinosaurier des Skats in unserer Familie sein und damit vom skatspielenden Aussterben bedroht. Alle unsere Kinder können und spielen schon einmal keinen Skat. Bei meinen beiden Enkeln (1 Jahr und 4 Jahre) weiß ich es noch nicht, aber ich habe da große Bedenken und tendiere eher zu einem „Nein". Ich bin schon froh, dass der Große mit vier Jahren inzwischen zumindest alle Karten mit Bilder kennt.

Ich finde es jedenfalls schön, dass ich noch regelmäßig in einer privaten Skatrunde mitmache, in der jeder der vier Spieler einmal im Monat Gastgeber ist.

In diesem Jahr spiele ich auch an einem monatlichen Preisskat mit, den mein Schachfreund Siggi empfohlen hat. Jeder zahlt 10 € und der Gesamtbetrag wird nach den Platzierungen sofort ausbezahlt. Tolle Sache, zumal die Mitspieler, die ich bisher kennenlernte, alle nett sind, was leider bei verschiedenen Turnieren nicht der Fall ist.

Sicherlich, es gibt auch für mich, der ich nun schon zu den Senioren zähle, und auch gerade in der Großstadt Berlin genügend weitere Möglichkeiten, Skat zu spielen. Viele dieser Skat-Gruppen spielen aber entweder „nur so" (ich finde, das geht nicht) oder in eine Kasse. Das ist nicht „mein Ding". Dann darfst Du am Tag der Ausschüttung terminlich ja nicht verhindert sein, sonst wäre ja alles umsonst gewesen und persönlich hättest Du auch nichts davon, noch nicht einmal ein Bier oder einen vereinbarten Geldbetrag, den Du ggf. erspielt hättest. Wenn eine feste Skat-Gruppe etwas gemeinsam veranstalten möchte, kann sie das immer tun, dazu braucht sie keine Kasse, sondern nur den Veranstaltungsbeitrag von jedem Mitglied nebst einer Idee.

Aber auch die früheren Skat-Möglichkeiten sind nicht mehr vorhanden. Das fängt schon damit an, dass es kaum noch Eck- und sonstige Kneipen mehr gibt. Gut, vereinzelt sind noch ein paar übriggeblieben. Die haben sich allerdings eher dem Darts-Spiel verschrieben, da gibt es inzwischen mehr Spieler und Darts ist auch von den Spielregeln her wesentlich einfacher zu handhaben (auch wenn das jeweils „richtige" Feld auf der Darts-Scheibe wohl nur schwer zu treffen ist). Damit sind leider auch alle damals regelmäßig ausgetragenen Preisskat-Veranstaltungen „gestorben". Dass der seinerzeit in den Kneipen beim Skat getragene Pullover wegen der Rauchschwaden der Raucher beinahe zum Sondermüll zählte, hatte man halt in Kauf genommen.

Überall, wo ich bisher wohnte, gab es mehrere Kneipen, die regelmäßig einen Preisskat veranstalteten. Da wo ich jetzt wohne, gibt es weit und breit nicht einmal eine einzige Kneipe (obwohl jeder, mit dem ich darüber spreche, es toll finden würde, wenn es hier eine gäbe). Ob dort dann überhaupt ein Preisskat veranstaltet werden würde, wäre dann ein anderes Problem!

Und wie sieht es mit dem Nachwuchs aus? Schwierige Sache! Alle Skatvereine, aber auch andere unorganisierte Spielgemeinschaften können ein Lied davon singen. Auch wenn man Skat inzwischen per Handy-App spielen kann, was ja sicher für junge Leute ein ungemein wichtiges Entscheidungskriterium ist, so richtig ist Skat bei der u-20-Generation nicht angekommen. Dieses Schicksal teilen ja bekanntlich viele Spiele und auch viele Sportarten.

Selbst das Skat-Online-Spielen am PC, theoretisch mit Spielern auf der ganzen Welt, mit oder ohne Geld, ist rückläufig. Immerhin gibt es noch verschiedene Skat-Software-Programme, mit denen man alleine gegen vermeintliche Spieler antritt. Diese Alternativen „spielen" inzwischen ein recht vernünftiges Blatt, auch wenn fast alle Skat-Programme nicht so richtig Null spielen können (ist sicherlich schwer zu programmieren und auch Menschen können das ja auch nicht immer „richtig" spielen).

Beinahe verzweifelt suchen Skatvereine neue Mitglieder. Gab es in Berlin in den 90-er Jahren noch weit über 100 Skatvereine und jede Kneipe hatte seine feste regelmäßig spielende Skatrunde, kann man sich in Berlin derzeit nur noch für eine von zehn (!) Möglichkeiten entscheiden und muss hoffen, dass einer dieser Vereine in seiner Nähe ist.

„Wirft" man einen Blick in die Auswahl der hiesigen Bibliotheken, dann ist Skat leider auch nicht der große „Renner". Und wir reden hier über mehrere Bibliotheken einer Großstadt! Berlin hat derzeit 20 davon. In der Übersicht werden zwar beim Stichwort „Skat" einige Bücher angezeigt, aber entweder sind es ausleihbare Skat-Software-Programme oder die wenigen Bücher sind in ganz Berlin verteilt, ein Buch dort, zwei dort (wenigsten sind alle Bücher noch aktuell, ein Buch über Skat von 1982 ist auch noch heute gültig).

Und leider wird wohl auch dieses Buch nichts (oder nur bedingt) zur Änderung des Buchbestandes in Bibliotheken beitragen!

Es war zwar eine „nette Idee" von der Deutschen UNESCO-Kommission, Skat im Dezember 2016 in das bundesweite Verzeichnis des immateriellen Kulturerbes aufzunehmen (ich habe nicht einmal gewusst, dass es ein immaterielles Kulturerbe gibt, aber das ist wohl eher ein Allgemeinbildungs-Problem), aber ob man damit potenzielle Skatspieler anlockt? Na ja, schaden kann es nicht. Ich kann nur jede Auszeichnung, die man dem Spiel Skat verleiht, begrüßen!

Ich hoffe noch immer, dass es nicht ganz so dramatisch ist und jeder, der wirklich spielen möchte, auch Mitspieler findet. Ich habe in einer Großstadt bei den relativ vielen vorhandenen Möglichkeiten gut reden, was sollen denn die sagen, die in kleinen Städten wohnen. Vielleicht ist es da aber sogar besser, weil sich alle im Ort persönlich kennen und man sich beim Wirt gegenüber der Kirche oder am Sportplatz ohnehin trifft.

SCHLUSS

Für mich bleibt festzuhalten: Es hat mir Spaß gemacht, alles, was mir noch in Erinnerung ist, einfach so aufzuschreiben.

Mein Ziel war es, den Lesern ein verständnisvolles Kopfnicken oder ein Aha-Erlebnis abzugewinnen. „War bei mir ähnlich", „Nette Geschichte" oder „War mir ja völlig neu", wären die Kommentare, die ich mir wünschen würde.

Ich bin mir sicher, der eine oder andere hat auch tolle Geschichten über das Spiel um die 32 Karten zu erzählen, er schreibt aber leider nicht darüber (oder ich weiß zumindest nichts davon). Daher habe ich eine Folge-Variante geplant und möchte an dieser Stelle alle Skatspieler bitten, mir ihre originellen, ungewöhnlichen oder sonst irgendwie interessanten Skat-Begebenheiten zu schildern.

Schickt Eure Geschichte einfach an:

Skat.plauderei@online.de

Dann hängt es davon ab, wie viele Einsendungen bei mir eingehen: Werden es sehr viele, wird es ein (neues) Buch geben. Sind es nur ein paar, kommt eine Neuauflage, sozusagen „Plauderei 2.0". Sind es wenige, werde mich jedenfalls bei den Einsendern bedanken.

„Bedanken" ist ein aber gutes Stichwort, bedanken möchte ich mich bei Euch nämlich jetzt schon, sozusagen vorsorglich, im Voraus.

Selbstverständlich freue ich mich aber auch über alle sonstigen Kommentare, egal, ob voller Begeisterung oder kritischer Sichtweise – gibt aber auch sicher Zwischenbewertungen.

Vielleicht gibt es aber zu den von mir angerissenen Themen weitere Informationen oder Geschichten.